CPSIA information can be obtained
at www.ICGtesting.com
Printed in the USA
BVHW010214071221
623412BV00018B/440